黒田杏子

俳句コレクション３

雛

高田正子 編著

コールサック社

目次

黒田杏子俳句コレクション3

雛

髙田正子 編著

I

「吉徳」と雛

十二句

雛店やはげしき雨に橋灯る

「吉德ひな祭俳句賞第一回選者吟」

＊以下「第◯回」と表す。

曾祖母の雛祖母の雛みどりごに

「第二十三回」『日光月光』

雛の句の葉書の束の無尽蔵

「第二十三回」

卒寿雛白寿の雛飾りけり

「第二十六回」『日光月光』

雛の句選みて二十九年目

「第二十九回」『銀河山河』

選句して小学生の雛の句

「第三十七回」

雛店の雛を納めてゆくところ

『花下草上』

雛店の雛納のまたたく間

『日光月光』

雛店のここに江戸より三百年

『日光月光』

十一世徳兵衛さんと雛の酒

『日光月光』

雛の間障子立てたる日のひかり

『銀河山河』

雛納めゆく雛店の十二代

吉徳十二世　山田徳兵衛氏

『銀河山河』

二〇二三年九月、「吉徳ひな祭俳句賞　閉幕のお知らせ」が「吉徳」広報室から発表された。賞の創設以来単独で選者を務めてきた黒田杏子の急逝（同年三月十三日、享年八十四）を受けてのものである。

黒田先生ともども目指してまいりました次回第40回開催は、誠に残念ながら叶わぬものとなってしまいました。断腸の思いを込めて「吉徳ひな祭俳句賞」の閉幕をここにお知らせいたします。

（株式会社「吉徳」ＷＥＢサイトより）

東京・浅草橋に本店を置く「吉徳」は創業正徳元（一七一一）年、江戸時代から続く人形の老舗である。〝♪顔がいのちの～〟というＣＭを耳が覚えている方は多いだろう。社長は六世以降、代々山田徳兵衛を名告られる。現社長は十二世。「吉徳ひな祭俳句賞」は先代十一世の就任記念事業の一環として一九八五（昭和六十）年に始まった。杏子はそのとき以来の単独選者であった。三十九年の間に寄せられた雛の句は二〇一、〇〇〇余句とのこと。第八回からはジュニアの部も併設され、投句者は園児から九十歳を超える方まで、全国津々浦々に及んだ。

この俳句賞の選者を務めることにより、「雛」は杏子のライフワーク的なテーマにもなった。三十九年間、句の選定のみならず、選者吟として毎年三句ずつ献じてきてもいるのだ。単純に計算してもそれだけで一一七句にのぼる。「月百句」「櫻百句」と同様に、いや選者という務めを鑑みればそれ以上に、厳しい行《ぎょう》であったかもしれない。「家族の絆や代々の絆が薄れゆく時代にあって、この俳句賞の作品世界にはその絆がいよいよ明確に打ち出されている」（第三十四回総評）という投句の数々に真向かいながら、杏子の「雛」の句は変遷し、進化を遂げていったのである。

　第Ⅰ章には「吉徳」「雛店」「選句」に関わる句を収めた。句の下には第何回の選者吟であるかを示した。句集に収められた句については、該当の句集名も併せて記している。句集には、自分のこころのかたち、想いの深くしみこんでいるもののみを入れる、という杏子の自選基準を知る者としては、入集していない句を掲載することに、ためらいが無いわけではない。だが選者吟の一一七句を通して読むと、選句への情熱がふつふつとたぎり、ほとばしっているのを感じる。むしろ選者吟のほうを優位に立てることによって、杏子の情熱に触れていただきたく思った。

　よってこの一集では、杏子が句集※に入れた句はすべて収め、選者吟は抜粋して掲載する。そのうえで選者吟の年次に沿って句を並べ、選者吟でない句についてはその後ろに制作年順に並べるものとする。

※第一句集『木の椅子』〇句、第二句集『水の扉』一句、第三句集『一木一草』四句、第四句集『花下草上』十四句、第五句集『日光月光』十四句、第六句集『銀河山河』三句（ここまでは第Ⅰ章から第Ⅳ章に分けて掲載）、最終句集『八月』十五句（第Ⅴ章の五十句に含まれる）

また第Ⅰ章から第Ⅳ章まではどの順に読んでいただいても構わないが、第Ⅴ章は、第Ⅳ章までを読んだうえでお読みいただければ幸いである。

第Ⅰ章に抽いた句に難解なものは無いはずだが、杏子本人から句会の席で聞いた四方山話を一つ。雛店の雛納は実際に見たものだそうだ。「あっという間にきれいに片付いちゃうのよ。それはもう速くてびっくりするほど」。

雛店の雛を納めてゆくところ　『花下草上』

雛店の雛納のまたたく間　『日光月光』

である。時期をおいて二度「びっくり」している。雛納のあと店内は、やはりあっという間に次の端午の節句仕様に変身するのだろう。

句集『銀河山河』には「吉徳ひな祭俳句賞」と前書をつけて、

雛の句選みて二十九年目　「第二十九回」二〇一三年

が納められ、続いて次の二句が並んでいる。

雛の間障子立てたる日のひかり

雛納めゆく雛店の十二代

〈雛の間〉の句をこの章に置いた所以である。

また、選者吟には、句集に収めるにあたり推敲された一句がある。

選者吟　曾祖母の雛祖母の雛みどりごと

「第二十三回」二〇〇七年

推敲後　曾祖母の雛祖母の雛みどりごに

『日光月光』

「みどりごと代々の雛を見る」と「みどりごに代々の雛を見せる」の違いである。助詞以外に使われている言葉は同じ、登場人物も同じだ。が、「見る」より「見せる」ほうが、より血脈を感じるのではなかろうか。「雛には代々という言葉が似合う」（第三十四回総評）の言葉通りに、「代々」がより生きる形に推敲されているといえるだろう。第Ⅰ章には推敲後の、句集所載の姿で句を収めている。

第Ⅰ章に抽かなかった選者吟に、

雛の句えらみ了へたる余寒かな　「第十二回」

あかつきの選み了へたる雛の句　「第十四回」

がある（杏子は「雛」の句には「えらぶ」ではなく「えらむ」の音を当てている）。俳句賞の選句はいつも「余寒」のころ。夜を徹して選句に勤しみ、夜明けを迎えることもあった。全国津々浦々から集まって来た葉書は厚く束をなし、まるで尽きることが無いかのようだ、というのである。

回を重ねるうちに、「幸田小学校」のように〈全校を挙げて雛の句を詠まれ〉（第二十七回）という小学校も現れた。現世では実子を持たなかった杏子であるが、選句を通して母や祖母、時には曾祖母の感覚を味わっていたかもしれない。
ところで選者吟は、入賞作品とともに吉徳本店のロビーに飾られることになっていた。筆者もリアルタイムで一度だけ赴いたことがある。〈いくたびも雛をつつむ灯かな　正子〉が受賞したときのことだ。

雛かざるいつかふたりとなりてゐし　「第六回」一九九〇年

そのときの選者吟の一句である。夫婦に子が加わり賑やかに年を重ねてきたが、ふと気づくと子が巣立ち、再び夫婦だけになっていた、と読んでよいだろう。その年の四月に東京から大阪へ転居することが決まっていた筆者は、しばらくその句の前に立ち尽くした。雛は愛らしく綺麗なものだが、時の厚みも詠めるのだ、と。夫婦で大阪へ行き、九年後に家族で再び関東へ戻ってくることになるのだが、顧れば筆者はそのとき予言、託宣を受けたのかもしれない。更に年を経て現在、まさにこの句の通りの身の上になろうとしている。杏子の句によって読者もまた、「雛」に人生を見ることができるのである。

II

「寂庵」と雛

六句

寂庵に雛の間あり泊りけり

「第二回」『一木一草』

雛飾る嵯峨野をわたる鐘の音

「第十二回」

句座果てて月の嵯峨野の雛祭

「第二十四回」『日光月光』

桃の日や瀬戸内寂聴筆一本

「第三十五回」

あたたかし寂聴先生雛の間に

『花下草上』

暮れてゆく嵯峨野むらさき雛の膳

『花下草上』

京都・嵯峨野の寂庵で、瀬戸内寂聴命名の「あんず句会」が始まったのは一九八五（昭和六十）年の十一月だった。一九八五（昭和六十）年、そう「吉徳ひな祭俳句賞」が始まった年である。ロングランとなった大きな仕事が、同じ年に二つスタートしたことになる。

寂聴は杏子の一世代上、東京女子大学の先輩後輩の関係である。広告代理店・博報堂のプランナーの名刺を携えて、杏子のほうから寂庵を訪うたことがきっかけとなり、「寂聴ツアー」で南インドへ同行するなどしながら親交を深めていった。

筆者の手元に日付の無い葉書が二枚ある。「吉徳　これくしょん」の絵葉書を一筆箋のように使ったもので、二枚同時に受け取っている（はず）。絵葉書の著作権の問題でここに載せることはできないが、当時結社誌「藍生」に「テーマ別黒田杏子作品分類」を連載していた筆者への励ましの言葉とともにに、次のようにあの特徴的な文字が連ねられてあった。

寂庵に雛の間あり泊りけり　杏子

「あんず句会・嵯峨野僧伽・寂聴さん」もひとつの大切なモチーフでしたね。

考えてみれば吉徳も『木の椅子』の受賞と同時にスタートした仕事。「雛」の句をこれほど選んできた人もほかに居られないでしょうね。

寂庵は「あんず句会」が開かれていたお堂以外を筆者は知らないが、華やかな色彩のこぼれる一間があったようだ。杏子がよく揮毫した会心の一句は、右にも掲げた〈泊りけり〉の句であるが、

寂庵の客間七段飾りかな　「第二十回」二〇〇四年

寂庵の七段飾雛の膳　「第三十六回」二〇二〇年

寂庵では七段飾の美々しい雛が客間に飾られていたようである。

雛納めしていきいきと法話の日　「第三十五回」二〇一九年

雛飾る数珠をはづして庵主様　「第三十八回」二〇二二年

寂聴が自ら雛を飾ったり納めたりすることもあったようだ。〈数珠をはづして〉の句は二〇二二年作。寂聴は前年の二〇二一年十一月九日に亡くなっているから、これは過去のいつかの景、つまり杏子の脳内ショットである。数珠で雛を傷つけないように、というのは、俗世の私たちが指輪や時計を外すことに等しい配慮であり、ちょっとした仕草に過ぎないが、それだけに一層リアルである。

寂庵に句座あり雛の日なりけり　「第二十二回」二〇〇六年
寂庵に句座ありしこと雛の間も　「第三十回」二〇一四年
寂庵に句座あり雛の間のありし　「第三十八回」二〇二二年

「あんず句会」は第三金曜日を定例として開催されていた。が、そもそも句に詠まれた「雛の日」を現実の三月三日と捉える必要もなかろう。「お客間は雛の間になっているはず」と思いさえすれば、実際に目で確かめなくても詠めるのが俳人というものだ。それが一句目。

「あんず句会」は二十八年続き、二〇一三年三月十五日に最終回を迎えた。

去年の今日は寂庵で雛の句座を開いていたなあ、雛の間は今年も昔のままに設えられているかしら、と懐かしんでいるのが二句目。

更に、寂聴がかの世の人となり、杏子自身の身体は病に斃れてよりは昔のようには動かすことがままならず、加えて新型コロナ禍のために自粛が必要となった現実のもとに詠まれたのが三句目である。三句はよく似た句といえばその通りであるから、句集に収めるとなれば取捨選択の対象となろう。そうした網を潜り抜けるから、句集の句はどこか悟った面持ちとなる。それもまたすっきりとして美味であるが、ここではいささかの雑味とともに、過程の句の旨みを味わっておきたい。

前述の通り「吉徳ひな祭俳句賞」と「あんず句会」は同じ年（一九八五年）に始まった。第三十五回（二〇一九年）の総評に「この句座と『吉徳ひな祭俳句賞』の選句作業が私を鍛え、励まし続けてくれ」たとあるように、この二つを両輪として杏子は「雛」の行《ぎょう》を続けた。二十八年続いて「あんず句会」が閉会したのは人の命が一代限りだからであり、「吉徳ひな祭俳句賞」が三十九年続いたのは吉徳が代々だからだが、「あんず句会」をはじめ各地の句会が合流して俳句結社「藍生」が誕生したことを考えれば、やはりここにも代々に似た血脈が通っている。「雛」の句を読みながら俳句結社のことを考えるとは突飛かもしれないが、「藍生」が閉会した現在、血脈の裔の一人として、こうした自覚が大事だと考える次第である。

Ⅲ　「母」と雛

十句

母の雛姉の雛と納めけり

「第三回」

なにもかもむかしのままに雛の夜

「第九回」

母の一生ひひなの一生かなしまず

「第十七回」『花下草上』

雛の間に母のごとくに手を合はす

「第二十二回」『日光月光』

ちちははの大往生の雛の家

「第二十六回」『日光月光』

母の句を語る桃の日三姉妹

「第二十八回」

白酒やむかしのごとく川の音

『水の扉』

桃の日の母に送りし昔菓子

『花下草上』

母と疎開した栃木県黒羽町にて

雛持たぬ姉妹と母と手をつなぎ

「藍生」二〇二一年三月号

母と疎開した栃木県黒羽町にて

雛持たぬ姉妹を母のぎゅつと抱き

「藍生」二〇二一年三月号

杏子は、一九三八（昭和十三）年八月十日、父・齊藤光、母・節の次女として東京・本郷に生まれた。姉と兄が一人ずつ、後に妹と弟が生まれ、五人兄弟姉妹のちょうど真ん中であった。本郷で父は歯科医院を開業しており、「お手伝いさん」がいるような、賑やかな家庭であった。

戦争が激しくなり、まず兄が黒羽の常念寺へ学童疎開をする。その兄のいる町を選び、一九四四（昭和十九）年、母は杏子と妹弟を連れて疎開した（父と学校のある姉は本郷に残り、翌年合流。一家で南那須の父の生家へ移る）。このとき母は三十七歳、杏子六歳、妹三歳、弟は生後半年だった。「本郷ではぼーっとした子だったけれど」と杏子が語るのを聞いたことがある。人手が足りていたから、自ら手を下さなくてもオートマチックに事が運ばれていたという意味だろう。見知らぬ土地で、手伝う人もいなくなった母を助けようと、六歳は六歳ながらに必死だったのだろう。三番目の子から最年長の子となって生じた、お母さんを支えなきゃ、という意識。杏子の礎はこのときに生まれたのかもしれない。

母・節は一九〇七（明治四十）年生まれ。若いときから短歌に打ち込み、疎開後は俳句に打ち込まれた（「打ち込む」は杏子自身の言葉。「嗜む」「楽しむ」ではないところに注目したい）。戦後創刊された沢木欣一、細見綾子の「風」に参加して同人となり、句集も二冊刊行なさっている。

雛の一句大往生の母にあり　「第二十回」二〇〇四年

母の句を語る桃の日三姉妹　「第二十八回」二〇一二年

母の雛の句を語り合いながら、姉と杏子と妹が雛祭の日を過ごす、とはそうした背景があってのことである。また、母はとにかく読書家でした。夜間の往診に出かけた父を待って、冬期は炬燵に腰を据え、何冊もの本を傍らに積み上げて本を読み耽っていました。

（「長命無欲無名の母の導き」「母のひろば」６６５号）

歯科医であった父は、更に学んで内科の医師となり、村の赤ひげ先生としての生涯を貫き、慕われた人である。その父に母は「傅《かしず》く」と晩年の杏子はよく書いていたが、傅き傅かれる関係であっても、女性が学ぶことを忌避する父ではなかった。杏子が育ったのは、そうした努力家、読書家、子煩悩の父母が営む家庭であった。

幼いころの雛の思い出をつづったエッセイがある。

母は三月が近づくと、シンガーミシンの台の上に一対の古雛を飾った。

それがどこから出てくるのか、全く分からなかったが、ある日学校から戻ってくると、すこしほつれて傷んだ髪に宝冠を着けた内裏の女雛がすこし前方に傾いて坐っている。男雛の衣も台座同様かなりすり切れて、顔面も破損している。にもかかわらず﨟たけた雰囲気を保っていることに神秘的な世界を感じ取っていた。

（「雛の面」『黒田杏子歳時記』）

エッセイの﨟たけた雛には「享保雛」の面影があったかもしれない。

冠 を 正 す は は の 手 享 保 雛　「第五回」一九八九年

雛 の 髪 梳 く 母 の ゐ て 寧 け ら し　「第六回」一九九〇年

母の手が雛の冠を正し、髪を梳くのを目にしながら、幼い杏子は自分が頭を撫でられているように、うっとりしていたと思われてならない。

母の雛姉の雛と納めけり　「第三回」一九八七年

母と疎開した栃木県黒羽町にて

雛持たぬ姉妹と母と手をつなぎ　「藍生」二〇二一年三月号

雛持たぬ姉妹を母のぎゅつと抱き　「藍生」二〇二一年三月号

この三句から、齊藤家に嫁ぐときに持参した母の雛と、長女である姉（杏子より六歳年長）の雛はあったが、戦時下に生まれた杏子と妹の雛は無かったと筆者は推測していたが、

家に雛段というものは祀られなかった。東京本郷の家は戦争で焼失し

たし、戦火を避けて北関東に疎開した間借りの住まいに、雛飾のスペースはなかった。
（「雛の面」『黒田杏子歳時記』）

エッセイに、雛段は無かったとはっきりと書かれてあった。だが前述のように、杏子が学校へ上がってからの記憶には、雛段には遠くても、どこからともなく現れる一対の古い雛があり、季節の節目を大切にする暮らしを母から教わっている。黒羽へ母と杏子、妹、弟の四人のみで疎開したときには、雛所帯道具も最小限にとどめていただろうから、その古雛も手元には無く、雛祭が近付いても雛を飾ってやれない。母はそれを切なく思い、娘二人と手をつなぎ、ともに歌ったりもして、せめてもの祝いとしたのであろう。

産土の本郷へ越す雛を連れ　「第三十回」二〇一四年

杏子は二〇一三年の暮に市川の戸建てから本郷のマンションへ住まいを移し、二〇一四年の元日は新居で迎えている。「雛を連れ」て「産土の本郷へ」越したのは杏子本人である。初節句を祝ってもらった雛ではないけれど、人生のどこかの時点で手に入れた雛とともに、という発想の源には、来し方の思いがひしめいている。

戦争によって思わぬ方向へねじ曲げられた暮らしの中にあっても、母が守り、娘たちに見せた営みの上に、娘である杏子がその後自ら積み上げた行いとその記憶が重なって、「日本人にとって、『雛』『雛祭』という言葉・季語は幸せな、嬉しいもの」「『雛』『雛祭』という文字を見たり、その言葉を耳にしてこころが明るくなる、気分が弾んでこない人はおそらく居られない」（第三十四回総評）と言い切る晩年の姿があるのである。

「吉徳」の選者吟のうち、母関連の句で杏子が自ら句集に収めたのは、母の一生ひひなの一生かなしまず　『花下草上』
雛の間に母のごとくに手を合はす　『日光月光』
ちちはの大往生の雛の家　『同』

この三句である。このうち〈大往生〉の句には句集に入れるにあたり推敲が加えられている。

選者吟　父も母も大往生の雛の家　「第二十六回」二〇一〇年
推敲後　ちちははの大往生の雛の家　『日光月光』

「父」「母」の表記の違いのみならず、一句の重心が異なるだろう。「父も」

そして「母も」と畳みかけると、「大往生」が焦点となる。これを読んだ人は、二人は雛のころに亡くなったのかと思うかもしれない。父は一九八九（平成元）年に〈すすきより出でてすすきの野に還〉られ、母は二〇〇三（平成十五）年〈なつかしき広き額の冷えゆける〉季節に亡くなった。「ちちははの」と柔らかに詠みだし、今は「雛の家」になっていると詠み納めると、かの世の「ちちはは」が男雛女雛のようにも思えてくる。雛が季語として生きるのはこちらだ。「ちちはは」も、かの世に息を吹き返されるに違いない。

Ⅳ　「旅」と雛

二十二句

雛かざるひとりひとりの影を曳き

「第一回」『一木一草』

雛かざるいつかふたりとなりてゐし

「第六回」

ととのへてありし一間の雛づくし

「第十一回」『花下草上』

立雛やまとの月ののぼりきし

「第十六回」『花下草上』

豊後竹田のお手玉雛も祀りけり

「第二十一回」

遍路吟行満行の雛飾りけり

「第二十一回」

雛の灯根室へ流れゆきたると

『一木一草』

雛の膳あをき春告魚《にしん》は子を持ちて

『一木一草』

雪囲してひろびろと雛の宿

『花下草上』

チェントロ・ウラセンケ古き雛祀りけり

『花下草上』

戦争のはじまる前の雛の顔

『花下草上』

先代のあつめし雛祀りけり

『花下草上』

雛の間月山の闇流れけり

『花下草上』

俳名即ち戒名お白酒

『花下草上』

立雛にも一献を宵節句

『花下草上』

雛流す常世の涯の浪の音

『日光月光』

雛納して炎ゆる家炎ゆる人

『日光月光』

雛飾る北國街道玉霰

『日光月光』

逢ひ訣れ逢ひ訣れ雛飾りけり

『日光月光』

空襲のことには触れず雛の夜

『日光月光』

女子大のけふは句会の雛まつり

『日光月光』

句座果てゝ沼津暮れゆく雛の宴

「藍生」二〇二一年三月号

ことしはどこでどんなお雛さまに会えるだろうか。毎年、各地に伝わる雛人形に出合うことをたのしみに出かけてゆく。

（「雛飾る」『黒田杏子歳時記』）

染めや織り、陶芸などの職人技に惹かれるのが杏子の体質であるから、まず雛人形そのものが好きであることは確かだ。今では作ることができないような古雛であればなおのこと。だがそれだけでなく、「雛に出合うその場面、雛のたたずまい、つまり雛の情景《シーン》に興味が尽きない」と杏子は語る。このエッセイの初出は一九九四（平成六）年二月十九日の「日経新聞」夕刊だから、「吉徳ひな祭俳句賞」第十回の選を終えた頃合いである。「ひな祭」とは行事であるが、それぞれの暮らしの中でなされるものだから、生活の季語といえよう。個人の私的な営みゆえ、十人いれば十通りあっても不思議ではない。それが全国津々浦々から作者の心の形となって、選者である杏子に寄せられるのだ。杏子の「ひな祭」は自身の体験を越えて、複層的なものになっていったことだろう。同時に、十全な選句をするために、選者としての心を磨く使命にも駆られたはずだ。近江八幡で古雛を堪能し、網走のホテルのフロントに飾られていた木目込の内裏雛に惹かれ、そしてもちろん「あんず句会」に毎月通った嵯峨野寂庵の七段飾の雛もゆかしく……。

この章のタイトルには「旅」を掲げた。旅とは、一つには雛に会いに出かけていくこと。また寂庵での句会のように、定まった日に定まった場所へ定点観測的に移動すること。山口青邨の後を継いで指導していた東京女子大学の「白塔会」や、沼津で開催されていた「沼杏句会」もこれに当たる。そして芭蕉のように人生そのものを旅ととらえれば、人の世の喜びや悲しみもここに収められる（と考えたのは、『八月』以外の句集の雛の全句を第Ⅳ章までに収めたかったからでもある）。
では何か所か、場所別に押さえておこう。

立雛やまとの月ののぼりきし　「第十六回」二〇〇〇年
奈良まちの造酒屋の雛の灯　「同」
奈良ホテルにて選びきし立雛　「第三十七回」二〇二一年

奈良ホテルに泊まって「吉徳」の選句をすることがあったようだ。立雛はそのときの土産。代々の造酒屋の代々の雛もさぞかし佳かったことだろう。

裏千家ローマ道場雛葛籠　「第十八回」二〇〇二年
雛かざる羅馬に茶室しつらへて　「第二十八回」二〇一二年

チェントロ・ウラセンケ古き雛祀りけり　『花下草上』

ローマを拠点に欧州で茶の湯の普及につとめておられる野尻命子《みちこ》さんとの交流を詠んだものである。イタリアへ赴いたときにはローマの茶室を訪ねたに違いない（イタリアについては『螢』の巻参照）。野尻さんは「藍生」の会員でもあった。

雛流す会津も奥の只見川　「第十四回」一九九八年

雛流す常世の涯の浪の音　『日光月光』

雛流しも行事として当然押さえた杏子であるが、雪国みちのくの雛の見事さには圧倒されている。くり返し詠み、またエッセイにも書き綴っている。

とほき世の雛照りたまふ蔵座敷　「第三回」一九八七年
月山の雪舞ひきたり雛の膳　「第四回」一九八八年
雛の段格天井にとどきけり　「第七回」一九九一年
雪國のたたみの広し雛の膳　「第十回」一九九四年
雛の灯今宵は吹雪く最上川　「第十一回」一九九五年
雛の間月山の闇流れけり　『花下草上』
最上川沿ひの旧家の雛の宴　「藍生」二〇二一年三月号
月山の雪のにほひを雛の間　「同」

エッセイの初出は「旅」誌（一九九五年三月）である。少々長いが抽いておこう。

私がわざわざ逢いに出かけてゆくのは、いくつもの時代の波をくぐり抜けた元禄雛や享保雛、つまり古雛である。（略）とりわけ、みちのくは山形県、そこを貫く最上川流域の市町村の旧家には古いお雛さまが大切に守り継がれている。その昔、紅花の産地として知られた町谷地《やち》には、いまも月おくれの雛市が立ち、あわせて旧家の所蔵する雛や道具が一般公開される。びっくりするほど天井の高い蔵座敷のある家もあり、その格天井にとどく豪壮な雛段を埋める雛人形の大きさ、立派なことにさらに驚く。その雛の宿に供えられる雛の膳がまた印象的だ。春告魚と書いて「にしん」と読む青魚はたっぷりと卵を抱え尾頭付の一尾付で大皿に盛る。

（「雛の面」『黒田杏子歳時記』）

このあと第Ⅴ章にもみちのくの雛が登場する。ここに引用したエッセイを参照していただくと読み解き易くなるはずだ。

章名に「旅」を思いついたそもそものきっかけは、「吉徳」の選者吟に「古稀」や「喜寿」の文字が並ぶようになっていったからでもある。

雛の句えらみえらみて古稀迎ふ　「第二十四回」二〇〇八年
雛の句詠みてえらみて喜寿の春　「第三十二回」二〇一六年
雛の句選み選みて傘寿われ　「第三十四回」二〇一八年
雛の句えらみダイヤモンド婚迎ふ　「第三十九回」二〇二三年

選者吟は年を追って情熱のままに読み継いでいる。それを追って読んでゆくと、読者もまた「俳句は人生の杖」であると実感することになるだろう。

そしてその過程に産み落とされた次の一句は、まさに無常の旅を詠んだものといえるのではないだろうか。

逢ひ訣れ逢ひ訣れ雛飾りけり　　『日光月光』

V

一生《ひとよ》の雛

五十句

昭和十九年　東京・本郷の生家で

唱ってたつぶやいてた兄雛の間

（杏子　五歳）

妹の髪また撫でて雛の間
手をつなぎ兄と唱つた雛の間

本郷の家の雛の間疎開前
雛の間ありしやさしき兄ありし

忘れない兄と唱つた雛の間

本郷元町小学校三年生の兄は

学童疎開の支度して雛の間

兄やさし勁し雛の間に座して

深悼　燁文心院大僧正寂聴大法尼
その昔、寂聴さんは寂庵の七段飾雛の間で語られました。（杏子　五十三歳）

ほんたうの事申しますお雛様

家を出て出家しましたお雛様

ひたすらに書いて今日までお雛様

七十歳からは『源氏』とお雛様

こののちは『源氏』だけですお雛様

視力これはお護り下さいお雛様
読めて書ければ感謝ですお雛様

このの ちも精進しますお雛様

得度出来たことありがたくお雛様

書く事のほか望みませんお雛様

子を捨てゝ書いてきましたお雛様

幸福は考へませんお雛様

生きて今朝まで筆一本でお雛様

休息は不要できましたお雛様
死ぬ日まで無頼寂聴お雛様

「吉徳」ひな祭俳句賞　単独選者をつとめて三十九年目

昭和六十年から、江戸以来の雛店「吉徳」の主催する「ひな祭俳句賞」の単独選者となり、本年二〇二三年で第三十九回となるこの俳句賞のために力を尽くしてきました。

（杏子　四十七歳～）

「吉徳」本店　東京浅草橋

雛《ひな》店《だな》の開店前の雛のかほ

故 山田徳兵衛氏（俳句賞創設者）

雛店の十一代をなつかしみ

雛の句の選者三十九年目

雛を詠む投句はがきの束重たし

「ジュニアの部」に都内の幸田小学校からは毎年必ず　三句

全校生徒六百名の雛の句

ひとり残らず雛の句を詠み投句

雛の句を詠んで仲良く和やかに

雛の句えらみえらみてほのぼのと
子を持たぬ私が選ぶ雛の句

二〇二二年十一月二十五日

雛の句選みダイヤモンド婚迎ふ

「雛」を知ろうと、長年にわたり日本各地を巡りました。とりわけ山形県の最上川流域に点在する旧家に大切に守られ祀られてきている「京雛」は豪華。見事なものでした。その昔、北前船の戻り荷であったとの事。何年もかけてその歴史ある「雛の家」を急がず訪ねてきました。

最上川ほとりの旧家雛祀る

旧暦の雛も媼もかがやかに
雛様に仕へ護つてきましたと

蔵の扉の内に蔵の扉雛の段

蔵座敷ちりもとどめぬ緋毛氈

みちのくに輝くばかり古雛
格天井に届くまで雛の段

正座して嫗の守る雛の家

雛の家嫗ほほゑむこともあり

月おくれの
月山を真正面に雛の市
雛あられ和紙に包んで下さる手

雛巡り最上川見て書く便り

雛流す少女はひとり只見川

「雛流し」も各地を訪ねて拝見して参りましたが、とりわけ奥会津三島町での光景が忘れられません。

（杏子　六十五歳）

雛流す少女はげますす嫗達

戦時疎開で東京から栃木県南那須村の父の生家に一家で寄宿。この村で終戦日を迎えます。

（杏子　六歳）

昭和二十年疎開の村に雛を見ず

戦争に勝つまで雛は飾らぬと

首都東京はつひに

三月十日炎ゆる人炎ゆる雛

再録
「俳句」二〇二三年三月号（角川文化振興財団）
特別作品五十句「炎ゆる人炎ゆる雛――『雛』をめぐる
八十四歳の記憶」

「五十句」には杏子本人の前書、というより解説文が入っているので、句意の把握に困ることはないが、いくつか補足しておこう。

まず兄との絆の深さである。敬愛する父、懐の深い母、仲の良い兄弟姉妹、皆が愛しい肉親たちであるが、「雛」といえば兄との思い出がまず立ち上がるのだろう。姉・兄・杏子・妹・弟はきっちり三歳違いとのこと。傍から見る限りでは、三歳上の兄と三歳下の妹（つまり直近のはらから）との仲が濃やかに思われる。兄とは学生時代に東京で同居していたこともある。医師となってふるさとへ帰り、父と母を看取った。ふるさとのことは兄に任せておけば安心、そんな思いで杏子は日々仕事に勤しんでいたかもしれない。両親を送ったのち、兄は七十歳で亡くなった。まだ若いのに、と惜しむ気持ちは尽きなかったことだろう。

寂聴との思い出もまた無尽蔵に違いないが、「五十句」には十五句を、ひとり語りのような体裁に仕立てて収めている。

筆擱きて足袋履きしめて雛の前　「藍生」二〇一九年四月号

あたかもこの句のように寂聴が坐し、語り継ぐのを記録したかのような仕立て方である。上五中七のみを続けて読むと、ラップのようなリズムが楽しい。内容はかなりシリアスなのだが。

「吉徳」との三十九年間は第I章に取り上げた通りであるが、

子を持たぬ私が選ぶ雛の句

二〇二二年十一月二十五日

雛の句選みダイヤモンド婚迎ふ

この二句によって大団円を迎えた心持ちにさせられる。杏子が句集に収めた「子を持たぬ」句は以下の通り。

子をもたぬ四十のをんな地蔵盆　『水の扉』
子をもたぬをとことをんな毛蟲焼く　『一木一草』
子をなさざりしことよかり龍の玉　『花下草上』
授からぬことよかりけり花の雲　『同』
子をもたざれば父母恋し天の川　『日光月光』
子のゐない家十薬の花の闇　『同』

杏子とこの類を話題にしたことは一度も無い。ゆえに句集の中で出会うたびに心臓が跳ねあがった。〈私が選ぶ雛の句〉は私だからこそ選べる、という自負にも聞こえ、佳き句と思う（そしてこの句は「えらむ」ではなく「えらぶ」である）。

〈ダイヤモンド婚〉の句は第三十九回（二〇二三年）の選者吟でもある。ある日の電話で「金婚で終わりじゃなくて、今ではダイヤモンド婚というのがあるらしいのよ」と告げて来た、喜びに満ちた声が耳によみがえる。同い年の夫君・勝雄さんは穏やかな方である。杏子の兄も、お目にかかったことはないがもしかするとこういう感じの方だったのではないか、と勝手に想像している。

最後に掉尾の一句について押さえておきたい。

首都東京はつひに

三月十日炎ゆる人炎ゆる雛

原型は既に「吉徳」の選者吟と結社誌「藍生」にある。

東 京 三 月 炎 ゆ る 人 炎 ゆ る 雛

「第三十七回」

「藍生」二〇二一年三月号

人と一緒に雛も炎えた、という気づきに胸をつかまれる。原型ですでに十分感銘を受ける。「藍生」誌の主宰詠のタイトルも「炎ゆる雛」であった。会心の一句であっただろう。だから、この先さらに推敲することになるとは、読者はもとより、本人も思っていなかっただろう。が、「五十句」において、疎開した南那須村で六歳のときに迎えた終戦日の時制で語るために、かくなる推敲が加えられたのである。

欲しがりません、勝つまでは、と雛を飾ることすら自粛した人もいれば、空襲の炎に巻かれてしまった人もいる、と杏子はまず生身の人間を描く。そして、それだけではなく雛も、つまり代々繋いできた血脈もここで絶えてしまったのだ、と語るのである。戦争を知る最後の世代の、静かな反戦の狼煙でもあろう。

第Ⅴ章の句群は、文字通り杏子の一生の集大成となった。

正子様

23、1、17夜

黒田杏子

角川「俳句」3月号

若葉50句―84歳の春をむかえる　記念―

「燃ゆる人　燃ゆる紙」

15日にFAX、石川緒子様より届きました。

「担当者（男性）から「圧巻ですね。

力を入れてレイアウト致します」と。

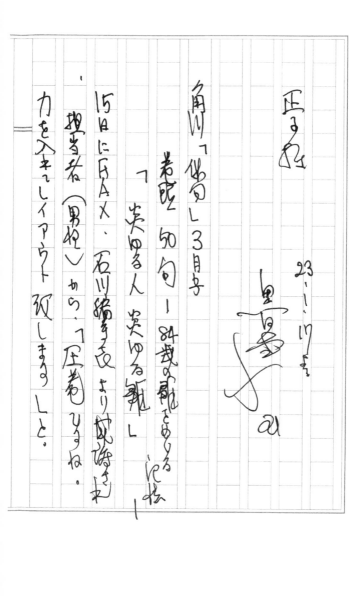

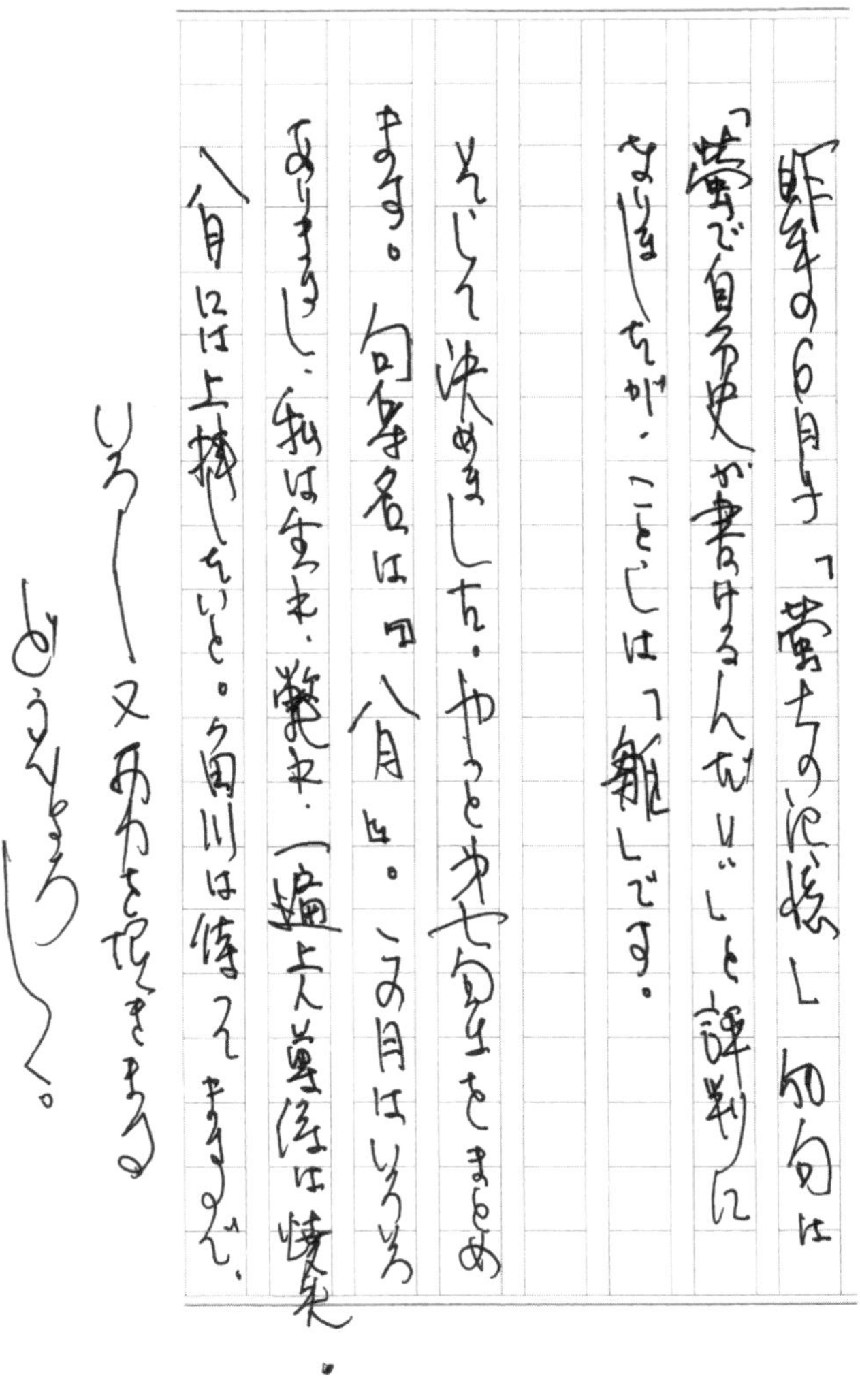
昨年の6月号「螢たちの記憶」50句は「螢で自分史が書けるんだ!!」と評判になりましたが、ことしは「雛」です。
そして決めました。やっと第七句集をまとめます。句集名は『八月』。この月はいろいろありました。私は生まれ、敗戦、一遍上人尊[illegible]は[illegible]。
八月には上梓したいと。角川は待ってますので、
いろいろ又お力を頂きます
どうぞよろしく。

▲黒田杏子から筆者への手紙　2023年1月17日付
角川「俳句」3月号への寄稿を15日に済ませ、その手ごたえを実感している様子がうかがえる。次の句集への意欲もまた。

《参考文献》

◇黒田杏子の句集一覧

『木の椅子』一九八一（昭和五十六）年刊　牧羊社
『水の扉』一九八三（昭和五十八）年刊　牧羊社
『一木一草』一九九五（平成七）年刊　花神社
『花下草上』二〇〇五（平成十七）年刊　角川書店
『黒田杏子　句集成』二〇〇七（平成十九）年　角川書店
『日光月光』二〇一〇（平成二十二）年刊　角川学芸出版
『銀河山河』二〇一三（平成二十五）年刊　角川学芸出版
『八月』二〇二三（令和五）年刊　角川書店

◇黒田杏子の主なエッセイ集

『黒田杏子歳時記』一九九七（平成九）年刊　立風書房
『花天月地』二〇〇一（平成十三）年刊　立風書房
『布の歳時記』二〇〇三（平成十五）年刊　白水社
『季語の記憶』二〇〇三（平成十五）年刊　白水社
『俳句列島日本すみずみ吟遊』二〇〇五（平成十七）年刊　飯塚書店
『暮らしの歳時記』二〇一一（平成二十三）年刊　岩波書店
『手紙歳時記』二〇一二（平成二十四）年刊　白水社

あとがき

『黒田杏子コレクション』は二〇二二年八月刊行の拙著『黒田杏子の俳句』（深夜叢書社刊）を受け、同年十二月にコールサック社から企画の提案をいただいて動き出したシリーズです。『螢』『月』『櫻』の三巻を予定しましたが、しばらくして先生ご本人から電話がありました。

「『雛』でもできると思うの。こんなに長く、毎年、詠み継いで来ている俳人はいないわよ」

「そうですね。入れましょう。順番はどうしましょうか。まだ本の体裁も決めていませんから、今から『螢』の前に入れるのは……」

「『吉徳』は今から三十九回目の選句に入るところ。その次も、まだまだやるとのことだから」

「では次の四十回目を祝し、『櫻』の前にしましょうか」

おそらくそのとき、第Ⅴ章の五十句が完成間近だったのでしょう。単なる季語、季題でなく生涯を貫くテーマとしての「雛」ですから、普通の秀句選ではなく、「雛」の舞台を演出する心だったのではないでしょうか。

「吉徳ひな祭俳句賞」の四十回目の開催は、先生の急逝により叶わぬものとなりました。もちろん祝うことも。このシリーズを『雛』から始めていれば見ていただけたのに、とついつい思いますが、もはや詮無いこと。『雛』『櫻』とシリーズを完結させて、先生の墓前に捧げることといたしましょう。

先生の一周忌を前に、まずは菜の花の色の一集をお届けいたします。

二〇二四年一月　大寒　　髙田　正子

略歴

黒田杏子（くろだ　ももこ）

俳人、エッセイスト。

一九三八年、東京生まれ。

一九四四年、栃木県に疎開。宇都宮女子高校を経て、東京女子大学心理学科卒業。

山口青邨に師事。

卒業と同時に広告会社博報堂に入社。「広告」編集長などを務め、六十歳定年まで在職。

一九八二年、第一句集『木の椅子』にて現代俳句女流賞および俳人協会新人賞受賞。

青邨没後の一九九〇年、「藍生」創刊主宰。

一九九五年、第三句集『一木一草』にて俳人協会賞受賞。

二〇〇九年、第一回桂信子賞受賞。

二〇一一年、第五句集『日光月光』にて蛇笏賞受賞。

二〇二〇年、第二十回現代俳句大賞受賞。

「件」創刊同人、「兜太　TOTA」編集主幹。

日経俳壇選者、星野立子賞選者、東京新聞（平和の俳句）選者、伊藤園お〜いお茶新俳句大賞選者ほか、日本各地の俳句大会でも選者を務めた。

栃木県大田原市名誉市民。

『黒田杏子歳時記』、『第一句集　木の椅子　増補新装版』、『証言・昭和の俳句　増補新装版』編・著、『季語の記憶』ほか著書多数。

一般財団法人ドナルド・キーン記念財団理事。俳人協会名誉会員。

一般社団法人日本ペンクラブ、公益社団法人日本文藝家協会、脱原発社会をめざす文学者の会各会員。

二〇二三年三月十三日永眠。

編著者略歴

髙田正子（たかだ　まさこ）

一九五九年　岐阜県岐阜市生まれ
一九九〇年　「藍生」（黒田杏子主宰）創刊と同時に入会
一九九四年　第一句集『玩具』（牧羊社）
一九九七年　藍生賞
二〇〇五年　第二句集『花実』（ふらんす堂／第二十九回俳人協会新人賞）
二〇一〇年　『子どもの一句』（ふらんす堂）
二〇一四年　第三句集『青麗』（角川学芸出版／第三回星野立子賞）
二〇一八年　『自註現代俳句シリーズ　髙田正子集』（俳人協会）
二〇二二年　『黒田杏子の俳句』（深夜叢書社）
二〇二三年　『日々季語日和』（コールサック社）
　　　　　　編著『黒田杏子俳句コレクション1　螢』（コールサック社）

『同2　月』（コールサック社）

二〇二四年　「青麗」創刊主宰

公益社団法人俳人協会評議員。ＮＰＯ法人季語と歳時記の会理事。公益社団法人日本文藝家協会会員。中日新聞俳壇選者、田中裕明賞選者、俳句甲子園審査員長ほか。

石炭袋

黒田杏子俳句コレクション3　雛

2024年3月3日初版発行
著　者　黒田杏子
（著作権継承者　黒田勝雄）
編著者　髙田正子
編　集　鈴木比佐雄・鈴木光影
発行者　鈴木比佐雄
発行所　株式会社 コールサック社
〒173-0004　東京都板橋区板橋 2-63-4-209
電話 03-5944-3258　FAX 03-5944-3238
suzuki@coal-sack.com　http://www.coal-sack.com
郵便振替　00180-4-741802
印刷管理　（株）コールサック社　制作部

装幀　松本菜央

落丁本・乱丁本はお取り替えいたします。
ISBN978-4-86435-573-5　C0392　￥1800E